Spielbähn, der Prophet.

Die merkwürdigste Prophezeihung

auf

unsere Zeit und Zukunft.

Nach einem alten Manuscripte.

Vierte, nach dem Wortlaute des betreffenden Manuscripts mit den fehlenden Versen der frühern Ausgaben erweiterte, seht vermehrte und ganz umgearbeitete Auflage vom alleinigen Eigenthümer des Urtextes

Wilhelm Schrattenholz.

Impressum

Dieses Buch erschien zuerst 1848 im Verlag von T. Habicht, Bonn.

Autor ist Wilhelm Schrattenholz.

Es wurde 2022 von Frank Kemper aus der Frakturschrift in aktuelle Schriften übertragen und steht nun als Nachdruck zur Verfügung.

Es ist Teil der Buchserie „Geschichte(n) des Siegkreises" in der weitere vergessene Titel aus der Vergangenheit des Siegkreises neu zugänglich gemacht werden.

Bibliografische Information der Deutschen Nationalbibliothek:
Die Deutsche Nationalbibliothek verzeichnet diese Publikation in der Deutschen Nationalbibliografie; detaillierte bibliografische Daten sind im Internet über http://dnb.dnb.de abrufbar.

© 2022 Frank Kemper

Autor des Originals von 1848: Wilhelm Schrattenholz

Herstellung und Verlag: BoD – Books on Demand, Norderstedt

ISBN: 978-3-7557-7749-6

Vorwort (2022)

Im Jahr 2022 ist Spielbähn fast vergessen, dabei galt er lange Zeit als rheinischer Nostradamus. Bei der Übertragung des Buches „Siegburgs Vergangenheit und Gegenwart" von 1897 stieß ich eher zufällig auf Spielbähn, suchte nach weiterer Literatur und wurde fündig. Das vorliegende Werk ist das älteste und damit ursprünglichste, welches ich zu Spielbähns gefunden habe.

Lange habe ich darüber nachgedacht, ob ich den Vers 114 streichen sollte. Er lautet: „Um diese Zeit werden in Deutschland keine Juden mehr sein, und die Ketzer schlagen an die Brust."

Doch wie ist dieser Vers gemeint? Als reine Vorhersage? Als Warnung? Oder als Aufforderung?

Oder war die Stimmung in der Bevölkerung schon so gegen Juden eingestellt, dass sie schlimmes erahnen ließ? Schließlich gab es immer wieder Pogrome gegen Juden in Deutschland und weit darüber hinaus.

Weil ich mich nicht in der Lage fühle das zu beurteilen, lasse ich den Vers stehen, so sind alle Leser in der Lage sich selber ein Bild zu machen.

Gleichzeitig liegt das ursprüngliche Werk damit, bis auf die Schrift, unverändert vor.

Unabhängig von Vorhersagen Spielbähns gibt die vorliegende Broschüre auch einen wertvollen Einblick in das Revolutionsjahr 1848. Gleich zu Anfang beschwert sich der Autor über Urheberrechtsverletzungen, ein Problem nicht nur im Internetzeitalter. Viele kleine weitere Informationen öffnen ein Fenster in die damalige Zeit, ein wertvolles Stück Lokalgeschichte.

Über Wilhelm Schrattenholz

Wilhelm Schrattenholz (geboren am 28. Juni 1815 in Birlinghoven bei Bonn; verstorben am 4. Dezember 1898 in Köln) war ein Lehrer, Dichter, Schriftsteller, Komponist und selbsternannter Arzt und Heiler aus dem Siegkreis (heute Rhein-Sieg-Kreis).

In der Zeit von 1841 bis 1859 gab Wilhelm Schrattenholz einige musikalische und heimatkundliche Schriften heraus. Darunter „Der Sänger vom Siebengebirge – Sagen, Märchen, Bräuche und Lieder der dortigen Landsleute in hochdeutscher und plattdeutscher Mundart geschrieben und mit mehrstimmigen Liedern begleitet" und ab 1842 erschien der weltbekannte „Spielbähn".

I. VERWAHRUNG.

Mit dem größten Befremden las ich vor einigen Tagen in öffentlichen Blättern die Anzeige einiger Buchhändler, daß bei ihm das vorliegende von mir im Jahre 1840, nach Quellen und Materialien, in dessen Besitz nur meine persönlichen Beziehungen mich bringen konnten, zuerst redigirte, und im Jahre 1846 selbst verlegte Schriftchen, welches ich damals bei dem Buchdrucker F. P. Lechner in Bonn auf meine Kosten drucken ließ, erschienen sei. Jener Anzeige muß ich die Erklärung vorausschicken:; daß die Einkleidung und die dem Büchlein beigefügten Erläuterungen nebst Gedicht, so wie die sprachliche Umarbeitung und Anordnung der prophetischen Aussprüche, vor Allem aber auch das erwähnte, alte Manuscript, mein unbestreitbares unveräußertes Eigenthum sind, und daß ich mit dem Verlage einzig und allein den Buchhändler T. Habicht in Bonn beauftragt habe. Die erste Auflage dieser Schrift war innerhalb dreier Tage ganz vergriffen und finde ich mich einem verehrlichen Publikum gegenüber hierdurch öffentlich zu erklären veranlaßt: daß alle, von Buchhändlern oder Buchbindern feil gebotenen Exemplare, welche noch die Aufschrift — „Gedruckt bei F. P. Lechner" — tragen, Nachdruck sind, solche durch die Polizei-Behörde bereits parthieenweise confiscirt und Gegenstand einer gerichtlichen Untersuchung geworden sind. Es haben auch noch zwei andere Buchdrucker sich nicht entblödet, meine Brochüre mit andern Prophetien zu vermengen; weil sie dieselben aber nur in der jämmerlichsten Verstümmelung in ihre Blätter hineingestohlen, so halte ich es nicht einmal der Mühe werth, derselben weiter zu erwähnen. — Da ich im alleinigen Besitze des geschriebenen, alten Manuscriptes bin, welches ich im Jahre 1840 von einer alten Wittwe H. Schl. in B. erwarb, trotz mehrjährigen, angestrengten Nachforschungen aber, außer meinem Manuscripte, etwas Schriftliches über dieses Thema, weder im Geburtsorte des Propheten, noch sonst in hiesiger Gegend, sich nicht vorfindet; da ferner die ganze Anlage, Versification und Einkleidung resp. Uebersetzung der Prophetien aus dem alten ins Neudeutsche mein ausschließliches Geistesprodukt: so wird es wohl Niemand einfallen können, sich ein Anrecht auf diese meine Brochüre zu vindiciren. Indem ich daher hierdurch Verwahrung gegen weitern Nachdruck einlege, erkläre ich zugleich alle jene Exemplare für Nachdruck, die nicht auf der Titelseite resb. Umschlag en miniature Spielbähns-Bildniß, und die Firma der Buchhandlung T. Habicht — tragen. Auch haben die frühern Ausgaben, (erste, zweite und dritte Auflage) die ich unter dem beengenden Einflusse der Censur veranstaltet, um so geringern Werth, als ich damals viele der wichtigsten Aussprüche Bernards gar nicht, und andere nur in solcher Zustutzung geben konnte, daß man den Urtext schwerlich darin wiederfinden dürfte.

Spielbähn hat es zu seinen Lebzeiten oft ausgesprochen „daß einst eine Zeit kommen werde wo seinen Worten eine größere Theilnahme gezollt werden würde, als dies bei seinen Zeitgenossen der Fall sei." — Ich hielt, wie so viele Andere, den guten Mann für einen Lügenprophet, denn jene Zeit, wo die Worte Bernards ihre Würdigung finden sollten, schien mir ein Mährchen, da es ja bisher nicht einmal gestattet war, diese Worte getreu und offen auszusprechen. Diese Zeit ist aber Gottlob, vorüber. Der 24. Februar 1848 hat in Paris, der 18. März in Berlin, so wie in den übrigen deutschen und italienischen Gebietstheilen, die Gedankenfesseln des Volkes mit unwiderstehlicher Allgewalt gesprengt, und ihm sein lange geschmälertes Recht, die offen vor ihm liegende Thatsache, das Wahre und für Recht erkannte ohne Rückhalt frei und offen aussprechen zu dürfen, mit Zinsen zurückerstattet.

Wir dürfen unser Urtheil jetzt unverhohlen niederschreiben, und das Geschriebene durch die Pressen der Buchdrucker vervielfältigen lassen, ohne vorher einen Beamten — Censor — fragen zu müssen, ob ihm unsere Schrift auch behage? d. h. wir haben Censur und Preßfreiheit. Daß aber unter Preßfreiheit nicht etwa Nachdrucks-Freiheit zu verstehen, dürfte ohne weitere Erörterung wohl Jedem einleuchten. — Indem ich daher hierdurch allen, welche mir in meinen weitern Nachforschungen über die „Bähnsche Prophetie" ihre freundliche Unterstützung angedeihen ließen, (worunter ich besonders auch die Herren Apotheker Brocke in Koln, B.S. W. R. in S. R. W. S.

in H, G. B. zu E. und J. G. A. J. S. J. aus Köln zähle) meinen freundlichsten Dank abstatte, ersuche ich zugleich ein verehrliches deutsches Publikum, sich durch Ankauf nachgedruckter, und daher unächter Exemplare nicht ferner täuschen zu lassen, die Feilbieter solcher Exemplare aber, welche die T. Habicht'sche Firma nicht an sich tragen, mir oder der Habicht'schen Buchhandlung gütigst bekannt machen zu wollen.

Heiderhof am 28. Mai 1848.
Wilhelm Schrattenholz, Informator.

II. VATER BERNARD.

Der alte Vater Bernard war
Mit Ehren drei und neunzig Jahr.
Er schlich so langsam und so schwer
Mit seiner Geig' im Dorf einher.
Sein Haupt mit weißem Haar geschmückt
Umstrahlte selbst geschaff'nes Glück.

Im Dorfe liebt' ihn Groß und Klein,
Man lud zu jedem Fest ihn ein.
Man gab ihm stets den schönsten Kranz
Beim Hochzeitsfest und Erntetanz;
Denn Vater Bernard, sanft und gut,
Verscheuchte nie den frohen Muth.

So oft das Herz ihm überfloß
Von Himmelsregungen, ergoß
Verklärten Blick's sich das Gefühl
Der Andacht in sein Saitenspiel;
Und fromme Lieder schwebten dann
In Geigentönen himmelan.

Und von der Nachbarn biederm Kreis
Saß ofe umringt der fromme Greis;
Dann blickte zu der Sternen Bahn
Sein Auge gläubig himmelan,
Vor dem der Flor der Zukunft wich;
Das tiefste Dunkel war ihm Licht,

Den Finger deutsam auf den Mund,
Macht so er seinen Horchern kund

Wie man ein frommes Leben leb`
Ein glücklich, frohes Ziel erstreb` ;
Und ferner Zeiten Mißgeschick
Berkundet er mit Seherblick.

Als seines Lebens Vorhang fiel,
Verstummte zwar sein Saitenspiel:
Doch klingt geheimnißvoll sein Wort
Im Volke unvertilgbar fort;
D`rob senkt der Spötter stumm den Blick,
Der Zweifler tritt beschämt zurüick.

Daß Gott als Seher ihn bewährt,
Hat uns die Jetztzeit ja gelehrt.
Phllosophie und Götzenthum.
Sie stoßen Bernards Wort nicht um;
Denn Alles spricht; „Jeht sehn wir's klar
Was, er gesagt, das wurde wahr.

Ihn zierte zwar kein Erdentand;
Doch birgt sehr oft ein schlicht Gewand
Ein edles Herz. von besserm Kern,
Als jenes unter goldnem Stern.
So tön` auch ihm in's stille Grab
Ein herzlich: „Ruhe sanft!" — hinab.

Umweht von Frühlings-Blüthenduft
Entsteigt sein Geist der stillen Gruft,
Und tragt ein Warnungs-Genius
Durchs deutsche Land des Schicksals Schluß.
Entflieht den Lasterwegen gleich,
Ruft er, und kehrt zur Ordnung euch.

Wer auf des Warners Ruf nicht hört,
Enbehrt des Mannes höchsten Werth;
Ihm wird des Sehers Geigenklang
Zum traurig-düstern Grabgesang,
Den er, vom eiteln Sinn bethört,
Zum Volkertod heraufbeschwört.

Doch wer ein Mann, nach Wahrheit ringt,
Dein Volkswohl gern ein Opfer bringt,
Wer kühn den Ernst der Zeit erfaßt,
Und vor der Zukunft nicht erblaßt:
Dem schlagt sein Herz in hoher Lust,
Und Friede wohnt in seiner Brust.

III. SPIELBÄHN.

In der Königlich Preußischen Rheinprovinz, unweit der allen Stadt Köln, eine Stunde nordöstlich von Bonn, in der malerischen Ebene, welche südlich vom Siegflusse, und westlich vom Rheine begrenzt wird, erhebt sich der sogenannte Siegberg, welcher dem von ihm dominirten und mit ihm verbundenen Landstädtchen Siegburg seinen Namen giebt.

Vor alter Zeit prangte auf diesem herrlichen Bergkegel, der sich in der fruchtreichen Ebene über alle Maßen prachtvoll ausnimmt, und das große, alte bergische Land weithin beherrscht, eine ehrwürdige, reichgepfründete Abtei, deren pachtpflichtige Kreaturen die meisten Bauern-Gehöft-Besitzer der weiten Umgegend waren.

Um das Jahr 1056 trat der Erzbischof Anno von Köln in den Besitz der reichen Abtei Siegberg. Weil dieser Prälat nach seinem Tode heilig gesprochen wurde, so stieg der Ruf der Abtei um so höher, als die Gebeine des Heiligen in Siegburg beigesetzt wurden, was in der Folge große Pilgerzüge von nahe und fern, veranlaßte. Hiernach wird man es erklärlich finden, daß die vorliegende Prophezeihung die Abtei Siegberg, den Sitz oder die Stätte des heiligen Anonius, (Annos-Stätte) als Ausgangspunkt gewählt hat, da der Prophet in dem, unweit Siegburg, nahe an der Sieg gelegenen Dorfe Eschmar, etwa um das Jahr 1689 geboren war.

Der wahre Name Spielbähns ist, Bernard Rembolt, wie er in dem Todtenregister der Kirche zu St. Maria Ablaß in Köln, welches sich gegenwärtig auf dem Rathhause zu Köln befindet, unterm 23. Februar 1783, als an seinem Begräbnißtage, sich eingetragen findet.

[Nach Angabe des Herrn W. Reuter in Sieglahr soll jedoch sein Familienname "Remscheidt" gewesen sein. "Bähn" ist der altdeutsche Ausdruck für "Bernard." Anm. des Verf.]

Sein Vater, ein armer Leineweber, setzte seine Fabrikate in der Regel auf der Abtei Siegberg ab, auf welcher Geschäftsreise dieser dann den jungen

Bernard gewöhnlich als Begleiter mitnahm. Später besorgte Bernard die Lieferungen seines Vaters allein, und war so glücklich die Augen des Herrn Abtes auf sich zu ziehen, der ihn in der Folge als geistlichen Boten in die ihm subordinirken Klöster Oberpleis, Heisterbach u. a. aufnahm. In dieser Eigenschaft im täglichen Verkehr mit der Geistlichkeit, worunter damals sehr gelehrte Monche sich befanden, gelangte Bernard bald zu Anschauungsweisen, die den meisten seiner Standes und Zeitgenossen fremd bleiben mußten.

Besonders empfänglich aber erwies sich Bernards von Natur weiches und schwärmerisches Gemüth für religiöse Uebungen.

Einsames, stundenlanges Gebet, Fasten und sonstige Leibeskasteiungen nährten seinen melancholischen Geist und machten ihn zum Lieblinge und Vertrauten des Clerus. Dieses Vertrauen erhellt aus dem Umstande, daß Bernard in seinem höhern Mannesalter von den Franziscanern zu Köln in kirchlichen Angelegenheiten nach Rom zum h. Vater beordert wurde, der ihn auch zu dem üblichen Fußkusse zugelassen haben soll.

Zu den Sonderbarkeiten dieses Mannes verdient der Umstand Erwähnung, daß er nach Beendigung seiner geistlichen Uebungen im Geigenspiel Erholung suchte. Seine Geige begleitete ihn auf allen Wegen; doch fällt ihre Combination mit dem Rosenkranze nicht so sehr ins Lächerliche wenn man weiß, daß seine ganze Virtuosität auf diesem Instrumente darin bestand, einfache Kirchenlieder abzuspielen, worunter sich das „Ave Maria gratia plena" als sein Leibstückchen auszeichnete. Diese Vorliebe für das Geigenspiel erwarb ihm den Namen „Spielbähn" obwohl die Bezeichnung „Lüg-Bähnchen" — bei seinen Zeitgenossen nicht minder gang und gebe war, weil man seinen Visionen wenig Glauben schenkte.

Die erste Vision Spielbähns fällt in die Zeit, wo er von seiner Romreise zurückkehrte, bei Gelegenheit einer Versammlung auf der sogenannten Bauerbank, wie man in jener Zeit den Versammlungsort der Bauern nannte, der ein eigens hierzu bestimmter freier Platz im Dorfe war. Hier wurden die

Angelegenheiten der Gemeinde berathen, die Gesetze oder das sogenannte, „Scheffenweisthumb" — vorgelesen, und jeder Bauer mußte, bei Vermeidung großer Strafe, diesen Versammlungen — dem Bauergeding — beiwohnen, welches alljährlich einmal Statt fand. In den Städten nannte man ähnliche Berathungen das Herrengeding. Jene Versammlungen unserer Väter dürften wohl geeignet sein, uns bei unsern jetzigen Volksversammlungen ein beschämendes Bild vorzuhalten. Da waren die Wörter: Wahlklüngel, Demonstrationen, stürmische Debatte u. s. w. ganz unbekannte Ausdrücke; auch der Geringste durfte da seine Meinung offen aussprechen, und die Versammlung horchte aufmerksam und lautlos ebenso auf die Worte des Armen als auf die Rede des Reichen.

An dem beregten Bauergeding nun hatte sich auch Spielbähn das alte, unscheinliche Männchen mit dem grauen Haare, eingefunden, um in bescheidener Zurückgezogenheit an den Berathungen seiner Nachbarn Theil zu nehmen.

Niemand fand einen Anstoß darin, und keinem Reichern schwoll der Aerger oder der Neid das Gesicht roth, als der Vorstand auch den welt- und menschenkundigen Bähn mit freundlicher Stimme fragte:
„Ob er denn gar nichts zu bauerdingen (vorzutragen) habe ?"
Bernard erwiderte kurz:
„Künftiges Jahr werden wir nicht bauerdingen, weil dann die ganze hiesige Gegend mit fremden Kriegern überschwemmt sein wird."

Wenn man aber auch damals diese Prophezeihung belächelte, so wurde sie doch in der Folge Ursache, daß man seinen Worten eine größere Aufmerksamkeit widmete, denn was er vorgesagt, erfüllte sich im folgenden Jahre wirklich.

In seinem höhern Alter pilgerte der greise Bernard in den Dörfern unserer lieben Rheingegend zwischen Köln und Honnef.

Auf jedem Bauerngute, in jedem Kloster fand der alte Spielbähn die freundlichste Aufnahme, weil Jeder die Ereignisse der fernen Zukunft gerne von ihm verkünden hörte. In dieser letzten Epoche seines Lebens hat ihn ein gewisser Benrodt, der früher ein Roßkamp (Pferdehändler) gewesen, auf seinen Zügen, als Stütze seiner altersschwachen Glieder, begleitet und sich auch besonders oft längere Zeit mit ihm bei den Karthäusern in Köln aufgehalten. Betagte Leute, die sowohl Spielbähn als seinen Vetter und nachherigen Begleiter den eben genannten Benrodt noch persönlich gekannt haben, erzählten mit vor einigen Tagen, daß dieset ec. Benrodt noch lange nach Spielbähn gelebt, und sich als dessen Apostel gerirt habe, indem er das Amt eines Propheten bis an seinen Tod fortgesetzt, dabei aber oft geäußert habe; daß er die Aufschlüsse, die er über die Zukunft besitze, den Karlhäuser-Herrn in Köln verdanke. Sobald es meinen Bemühungen gelingen wird, etwas Zuverläßiges über diesen Apostel Spielbähns aufzufinden, werde ich es als interessanten Beitrag zu der Geschichte der Seher, der Oeffentlichkeit übergeben.

Spielbähn starb in den Armen des Apothekers Herrn Schitzler zu Köln, wo er am 23. Februar 1783 auf dem Kirchhofe zu St. Maria Ablaß, beigesetzt wurde. Das Todtenregister auf dem Rathhause, so wie der Apotheker Herr Brocke zu Köln, bestätigen diese Angabe.

IV. BEWEISE FÜR DIE SEHERGABE SPIELBÄHNS.

1) Mehrere Prophezeihungen Spielbähns leben von seinem Tode ab, bis auf heute, im Munde des gesammten bergischen Volkes; es leben sogar noch Einzelne, die sie aus dem Munde des Propheten selbst gehört haben; sie liegen daher als eine unantastbare Thatsache vor uns und der Vorwurf, daß die meisten Prophezeihungen erst entstehen, nachdem die Facta eingetreten, kann sie nicht treffen. Dafür spricht auch

2) das von mir im Jahre 1840 in einem damals von mir bewohnten Hause aufgefundene, alte Manuscript, welches ein alter katholischer Landgeistlicher, Herr M. W. geschrieben, der in jenem Hause in den Schlußtagen seines Lebens gewohnt, und im Jahre 1809 zu Rott im hohen Greisenalter gestorben ist. Die Ermittelung des Sterbejahrs verdanke ich der Gefälligkeit des Herrn Pfarrers Körfer zu Stieldorf. — Die Notoritat, so wie mein unbestrittenes Eigenthumsrecht an diesem Manuscripte sind sowohl durch Zeugen als durch die Sache selbst, so bewiesen, daß sie keine Anfechtung zulassen.

3) Der Umstand, daß ich die vorliegenden Prophezeihungen schon im Jahre 1840 im Manuscripte ausgearbeitet und dieselben zwei Jahre später in gedruckten Subscriptionslisten ankündigte — Also weit vor dem Jahre 1846, wo ich die erste Auflage bei dem Buchdrucker Lechner in Bonn auf meine Kosten drucken ließ.

4) Mehrere Einwohner von Sieglahr, und unter diesen die Verwandten einer gewissen Familie N. haben mir folgende Begebenheit, deren factische Richtigkeit sie eidlich erhärten zu können erklärten, mitgetheilt. Spielbähn trat eines Tages in das Haus der obigen Familie und bedeutete dem Vater, „er solle am morgigen Tage sein Söhnchen J. nicht ausgehen lassen, sonst werde das Kind verunglücken." — Der Vater, welcher zwei, zehn- und zwölfjährige Söhne hatte, erzählte dies lächelnd der Mutter und bemerkte dabei aber, man könne ja doch, aus Vorsorge, die beiden Knaben morgen einsperren. Als

daher am andern Tage Vater und Mutter aufs Feld gingen, schlossen sie die Kinder in der Wohnstube ein; kaum aber waren die Eltern zehn Minuten abwesend, als sich die lebensmuthigen Knaben, denen die Zeit in dem engen Raume zu lang fiel, einen Ausweg durch ein Fenster der hochliegenden Wohnstube suchten, und geraden Laufs zu dem vorbeifließenden Mühlengraben eilten, um zu baden. Mit hastiger Eile sprangen sie beide ins Wasser, aber der von „Bähn" bezeichnele Knabe J. blieb in dem Flüßchen begraben — er kam nicht mehr zum Vorschein.

5) Vor einigen Jahren starb zu W. eine gewisse Frau T. im höchsten Lebensalter die mir erzählte, daß Spielbähn als sie noch ganz jung gewesen, ihr vorhergesagt, wen sie als Mann erhalten werde, und daß ...... was auch wirklich eingetroffen.

6) Herr Mathias Beh, weiland Schöffe zu Birlinghoven ein sehr braver, geachteter Mann, hat mir oft erzählt, daß Spielbähn in ihrem Hause oft eingekehrt, und von seinem Vater Hermann Bey wegen seiner Weissagungen zuweilen gehänselt worden sei. Spielbähn habe aber diese Spötteleien eines Tages mit folgender Entgegnung vergolten:
„Obgleich du meine Worte verlachst, so wünschte ich doch, dir etwas Gutes prophezeihen zu können. Es ist aber leider nur Schlimmes, was ich dir zu sagen habe. Du bist zwar ein braver Mann, dem Kirchengang und Gebete, so wie dem Wohlthun ergeben, aber — du wirst dennoch nicht auf deinem Bette sterben." — Sein Vater habe auch diese Prophezeihuug ungläubig und lächelnd hingenommen.
Leider habe sich dieselbe aber im Jahre 1792 am 5. Januar, wo sein Vater von einem Taufschmause berauscht nach Haus gekehrt, schrecklich erfüllt, indem er unterwegs erfroren sei. - Etwa 3/4 Stunde unfern der Beh'schen Wohnung, bezeichnet ein Kreuzchen, dessen Verfasser auch schon in der 1., 2. u. 3. Auflage dieses Werkchens Erwähnung gethan, die Stelle und die Zeit, wann und wie sich diese Vorverkündigung Bähns erfüllte.

7) Der K. Bezirks-Steuer-Controlleur Herr Breiderhoff dermalen in Bonn wurde im Jahre 1837 Anfangs November von dem Communal-Steuer-Empfänger Herrn Engels in Vilich über die damals betriebene Verlegung einer Strecke auf der Frankfurter Straße zwischen den Dörfern Warth und Uckerath befragt. Hier zog sich die Strahe einen steilen Berg, Käsberg genannt, hinan. Herr Engels bemerkte scherzweise, daß auch er den Propheten „Spielbähn" nun für einen „Lügebähn" halten müsse, weil er eine Prophezeihung von ihm kenne, dahin gehend, „daß das geistliche Oberhaupt gefänglich eingezogen würde, wann man den Käsberg geebnet habe," mit welcher Arbeit man doch nun bald zu Stande gekommen sein müsse. — Herrn Breiderhoff fiel diese Rede auf, weil mit der Beendigung dieser Straßen Verlegung resp. Berges-Ebnung auch die Nachricht von der erfolgten Abführung des Erzbischofes Clemens August von Köln, durch den damaligen Oberpräsidenten der Rheinprovinz — eintraf.

8) Der um die nemliche Zeit in Geistingen gestorbene Küster Haupts erzählte in einer zahlreichen Versammlung, worunter sich auch Verfasser befand, daß er nun wohl bald sterben werde, da man angefangen, den Käsberg zu ebenen. Spielbähn habe ihm nämlich bei einer Krankheit in seiner Jugend prophezeiht, daß er von seiner damaligen Krankheit wieder genesen und erst dann sterben werde, (seinen Ranzen zur Reise in die Ewigkeit zu schnüren habe) wann man den Käsberg ebenen würde. — Die Weissagung erfüllte sich; worüber die Herren Pfarrer Schieffer, Lehrer Ferrenberg und Gemeindeschöffe Olbertz zu Geistingen, Näheres angeben können.

9) Als Spielbähn von Honnef aus durch das Rheinthal der Sieg zuwanderte, deutete er nach einer damals noch ganz mit Urwald überdeckten Höhe, die „Harth" u., „Ennert," genannt, und äußerte: Diese große Waldhöhe wird urbar gemacht und zuerst mit zwei Schimmeln umgepflügt werden." Der in Pützchen gestorbene Kgl. Bergmeister Herr Leopold Bleibtreu, welcher dort das heutige; großartige Braunkohlen- und Alaunwerk anlegte, das bis auf heute Hunderten von Arbeitern Brod gab, ließ den den Bergrücken zuerst mit

zwei Schimmeln umackern. Dessen Sohn, der jetzige Dirigent des Werkes Herr Gewerker Gustav Bleibtreu, würde diese Tradition bestätigen können.

10) Spielbähn, der den Brand der Abtei Siegburg, Vers 2 auf den Tag bestimmt und lange vorhergesagt, befand sich am Abende des von ihm bezeichneten Tages zufällig in einer Wirthsstube, wo man ihn wegen dieser Prophezeihung spottelnd damit aufzog, daß man auf die Gasse lief und dann wieder hereinkommend bemerkte:

„die Abtei brenne noch nicht."

Bernard bemerkte einem vorlauten Burschen aus Sieglahr:

„Eile du nur rasch nach Haus, denn du mußt, sobald du hinkommen wirst, die Brandspritze bespannen. — Uebrigens wartet noch eine kleine Weile, sagte er den Andern, und ihr werdet erfahren, ob ich wahrgesagt."

Die Gesellschaft spielte ruhig Karten, und mochte den Vorfall wohl schon wieder vergessen haben, als Bernard sie aufforderte, nun noch einmal vor die Thüre zu gehen, um nach dem Siegberge zu sehen, und siehe da - die ganze Abtei stand in lichten Flammen. Der obige Bursche aber mußte wirklich die Spritze zu der Brandstelle fahren.

Dieses Ereigniß aber hatte zur Folge, daß Bernard als Brandstifter verdächtig, und auf Befehl der Regierung zu Düsseldorf nach Honnef am Rheine, in Untersuchungs-Arrest gebracht wurde.

Hier mußte er länger als ein Jahr im Gefängnisse aushalten, bis die Regierung, wegen Mangels jedes rechtlichen Beweises, ihn in Freiheit zu setzen befahl. Diesen Befehl mußten der Amtmann D... der Gerichtsschöffe Kr.. und der Schöffe Tr. ausführen. Nach vollstreckter Freigebung regalirten nun diese Herren den unschuldig Gefangenen mit einem Glase Wein und der Amtmann ersuchte ihn, bei dieser Gelegenheit, er möge ihnen der Reihe nach, etwas prophezeihen. Bähn entgegnete Anfangs: sie sollten Gott nicht versuchen; gab aber endlich ihrer Zudringlichkeit nach, indem er sprach

„Sie, Herr Amtmann D. werden in Kurzem vom Pferde stürzen und ein Bein brechen. Rufen sie aber alsdann nicht den Arzt, sondern den Pastor, weil sie acht Tage spater eine Leiche sein werden."

„Sie Herr Kr.. werden in Armuth gestürzt, und von Ungeziefer halb verzehrt, in Troisdorf auf dem Stroh sterben."

„Sie aber, Herr Ta. verlieren ihre Frau, heirathen zum zweitenmale, erhalten zwei Kinder und sterben am ... März 1829."

Herr Kr.. äußerte: „Meine Herrn, die Sache wird ernst; wir wollen sie, denke ich, zu Protokoll nehmem." Dies geschah denn auch. Es ist mir aber, trotz aller Bemühungen noch nicht gelungen, in den Besitz dieses Aktenstücks zu kommen. Wahrscheinlich aber befindet sich dasselbe unter Privatpapieren des in Königswinter vor einigen Jahren gestorbenen Domainen-Rathes Herrn Schäfer, der seiner Zeit auf dem Bürgermeisteramte zu Sieglahr und an mehreren andern Stellen Erkundigungen über Spielbähn eingezogen hat.

Die Weissagungen trafen übrigens genau ein. Der Amtmann D... stürzte vom Pferde und brach ein Bein. Man wollte den Arzt rufen, er aber verlangte den Beichtvater und starb schon nach acht Tagen.

Hr. Kr.. verwaltete eine öffentliche Kasse; eine Revision derselben ergab ein großes Defizit, weshalb er seines Amtes entsetzt und in Folge der Sequestration seines Vermögens an den Bettelstab gebracht wurde.

Er starb als Bettler von Ungeziefer hart gequält, zu Troisdorf auf einem Strohlager.

An dem von Bernard voraus bestimmten Tage im Jahte 1829 starb auch der Schöffe Herr Tr.

der, nachdem er in zweiter Ehe wirklich zwei Kinder gezeugt, in beständiger Erinnerung an die Bähnsche Vorhersagung, bis an seinen Tod ein frommes Leben führte.

Herr Apotheker Brocke in Köln, Herr Gustav Bleibtreu auf der Alaunhütte bei Bonn, Herr Dr. de Berghes und mehrere Bewohner von Honnef bewahrheiten diese Tradition.

11) Die Umwohner von Troisdorf behaupten, daß Spielbähn die erfolgte Aufhebung der frühern bekannten Einsiedelei auf dem Ravensberg in Verbindung mit der dortigen Errichtung eines Telegraphen, so wie die Anlage einer Kunststraße durch das Aggerthal vorhergesagt habe.

12) Als Spielbähn in den Armen des Herrn Apothekers Schnitzler dem Tode nahe war, machte er noch folgende Aussage: „Ich werde auf dem Kirchhofe zu St. Maria Ablaß begraben, aber nach kurzer Zeit werden meine Gebeine ausgegraben, und nach Melaten gebracht werden."

Wirklich wurden die Gebeine auf jenem Kirchhofe ausgegraben, und nach dem, um's Jahr 1807 neu eingerichteten Friedhofe von Melatten gebracht. Dies bestätigt Herr Apotheker Brocke in Köln.

13) Die bereits eingetroffene Erfüllung der Verse 1 bis 84 in dem nachstehenden Manuscripte lassen endlich keinen Zweifel mehr ubrig, daß Bernard, der Mann im schlechten Kittel mehr von der Zukunft gewußt, als unsere großen Geister und pfiffigen Politiker heutzutage über dieselbe herauszubringen vermögen.

V. PROPHEZEIHUNGEN SPIELBÄHNS

wie sie von einem alten katholischen Landgeistlichen etwa um das Jahr 17. aus dem Munde des Propheten aufgezeichnet worden.

[Bei der Ausarbeitung dieser 4. Auflage bin ich dem Wortlaute des Manuscriptes aus Gründen treuer geblieben, als in den drei erstern; habe jedoch immer noch einzelne Aufschlüsse als fortwährendes Instrument gegen fernere Nachdrucksgelüste, zurück behalten. Anm. d. Verf.]

Vers 1.)
Was ich sehe will ich reden, wie mir's offenbarte der Allwissende und Allmächtige, der mit Erbarmen herab gesehen auf die Niedrigkeit seines Dieners; und den Trieb in meine Brust gelegt hat, zu singen und zu sagen ihre Loose und Schicksale künftigen Geschlechtern.

2. Zierde des Landes, liebliche Stätte des h. Anonius, wie ich dich beklage! Das Feuer wird dich verzehren bis auf das Gotteshaus, welches verschonet bleibt von den Flammen.

3. Du wirst zwar wieder erstehen aus dem Schutte und eine kurze Zeit deines vorigen Glanzes dich erfreuen.

4 Doch blicke hinab auf die Stadt! Wann viele Hände sich regen die Berge des Marktes abzutragen;

5. Wann man den geebneten Markt mit Bäumen bepflanzen wird;

6. Dann wehe dir! denn eine fremde Kriegerschaar wird an diesen Bäumen ihre Pferde anbinden, sobald sie dazu stark genug sind.

7. Alsdann soll die Abtei wohl Acht haben auf ein Volk, das sich selbst sein Haupt nimmt.

8. Denn dieses hauptlose Volk, welches vor zwei Jahrhunderten seine Hände in Ketzerblut gewaschen, wird sich nun erheben gegen das Reich Christi und gegen Gott;

9. Also, daß es die ganze Erde anstecken wird mit dem Schlamme der Gotteslästerung.

10. Auch wird selbiges Reich an sich reißen die deutsche Landherrschaft, und viel Kriegswesen und Verfolgung treiben.

11. Die Diener der Kirche werden sich vor ihm verkriechen und die Mönche aus ihren Klöstern fliehen, wann die Stimme der Gotteslästerung vom Rheine her erschallt.

12. O stolzes Siegberg! an dir werden böse Zeiten und schwere Kriegsdrangsale vorüber gehen.

13. Du wirst öde und verlassen stehen, und die Raben und Füchse werden sich da aufhalten; und Heisterbach wird wüst durcheinander geworfen sein zu dieser Zeit.

14. Mit solchen [Urext: Mit solchem Umbgehen u. s. f.] Thaten wird man einen Mächtigen
erscheinen sehen, der nicht König ist, aber ein Kaiser wird genannt.

15. Der wird die Herrschaften niederreißen und aufbauen, allerwege, und das deutsche Reich in Grund und Boden vernichten.

16. Er wird der Welt sein eine Geißel Gottes und den König der Thiere in seinem Namen führen.

17. Die Könige werden ihm ihre Häupter neigen und der deutsche Kaiser hört auf seine Macht und Gebote.

18. Und er wird umstürzen den heiligen Stuhl zu Rom, indem [derweil] er den Statthalter Jesu Christi in Gefangenschaft schleppt.

19. Gleichwohl folgt ihm die Rache Gottes auf dem Fuße.

20. Dann er sterben wird als ein geschlagener Mann, der keinen Freund mehr hat, und ist verbannt und verlassen im weiten Meere.

21. Darnach müssen sich die bergischen Länder unter einem neuen Könige versammeln.

22. Die Klerisei wird unter der neuen Weltherrschaft Vieles zu leiden haben.

23. Hungersnoth und schreckliche Krankheiten werden an der Reihe sein.

24 Der bergische König, der nicht bergischer König ist, wird das verödete Siegberg wieder aufbauen.

26. Und wird ein wundersames [wundersamb] Ding daraus schaffen, das ein Kloster ist und doch kein Kloster.

27. Und es läuft mir ganz toll durcheinander, wann ich daran gedenke, also, daß kein vernünftiger Mensch Verstand daraus finden könnte.

27. O du stolzer Sitz Anonius! du wirst geschändet sein eine lange Zeit.

28. Während du so stolz in die Weile blickest, wird man auf der Haide ein Kikhaus (Guckhaus) bauen, so weiter sieht, als du.

29. Und man wird an dieses Haus einen Weinstock pflanzen.

30. Wann die Reben an diesem Hause die ersten Früchte tragen, dann werden komische Zeiten sein.

31. Auf dem Bischofsstuhle sitzet ein Mann, an dem sich viele spiegeln werden.

32. Also werden auch die Geistlichen stolze Kleider tragen, und wollen nicht mehr zu Fuße gehen, wie doch ihr Herr und Meister also ihnen vorgethan.

33. Und weil der Hirte nachlässig [faul], wird die Herde verderben.

34. Man kann zu selbiger Zeit einen Bauer vor dem Grafen nicht unterscheiden.

35. Die Hoffarth [Der Hofrath und eitle Aufgeblasenheit] und Welteitelkeit werden ihres Gleichen nicht kennen.

36. Ja, es kommt so weit, daß man Gott nicht mehr danken wird für die Speisen.

37. Doch soll dir das ein Zeichen sein: Wann die schwersten Schiffe den Rhein hinanlaufen ohne Pferd und Wind.

38. Wann man auf der Frankfurter Straße den Käsberg ebenen wird.

39. Dann wird man das Oberhaupt der Kirche gefangen nehmen.

40. Obwohl dieser That die Strafe nachfolgt auf dem Fuße.

41. Und der Menschenwitz wird Wunder schaffen, weßhalb sie Gott immer mehr vergessen werden.

42. Sie werden Gottes spotten, weil sie allmächtig zu sein wähnen.

43. Von wegen der Wagen, so da durch alle Welt laufen, ohne von lebendigen Geschöpfen gezogen zu werden.

44. Also, daß man die Wegsstrecken nach der Vögel Flug ausrechnet.

45. Das ist der Stolz der Erde, daß sie über die Zeichen lachen, so ihnen der Himmel gibt.

46. An der Luft und an der Erde wird man diese Zeichen sehen und nicht sehen wollen.

47. Es wird ein Mann aufstehen, der die Welt aus ihrem Schlafe weckt.

48. Da er schlägt die Stolzen mit starker Stimme und die Spötter stürzet.

49. Und weil die Hoffarth, Wollust und Klelderpracht so groß sind, wird Gott die Welt strafen.

50. Es wird Gift regnen auf das Feld, wodurch ein großer Hunger ins Land kommt.

5l. Also daß viele Tausende über dem Gewässer eine bessere Heimath suchen.

52. Die Menschen werden den Vögeln nachahmen und in die Lüfte fliegen wollen.

53. Doch wird Gott ihren stolzen Sinn verwirren, gleich wie in Babilon.

54. Und es wird ein großes Klagen sein im bergischen Lande zu dieser Zeit.

55. Ein kleines Volk wird aufstehen und den Krieg in's Land bringen.

56. Wann man aber bei Mondorf eine Brücke über den Rhein bauen wird

57. Alsdann mag es rathsam sein mit den Ersten hinüber zu gehen ans andere Ufer.

58. Doch soll man nur so lange dort verweilen bis man ein siebenpfündiges Brod aufgezehrt, alsdann wird es Zeit sein zum Umkehren.

59. Und Tausende werden sich in einer Wiese zwischen den sieben Bergen verstecken,

60. Woselbst sie das Würgerschwert derschonen wird.

61. Ich sehe Mütter jammern.

62. Ich höre das Gewimmer von Walsenkindern.

63. Ich vernehme die Klagen der Hungrigen.

64. Also sehe ich auch den Hohn der Gottesschänder

65. Und erkenne den Untergang der Ketzer mit derber Strafe.

66. Die mit frevelm Muthe sich an Gott wagten

67. Und da glaubten, ihr winziger Verstand möchte die Rathschlüsse des höchsten Gottes ergründen.

68. Denn während sie Gott auf ihren Lippen trugen,

69. Bargen sie den Teufel im Herzen.

70. Obwohl die Menschen sie Engel nannten, so kam doch gar bald der Teufel oben.

71. Sie wollten ein neues Reich Christi gründen

72. Und stifteten eine Pflanzschule aller Lasterthaten.

73. Sie nannten sich Gottesdiener, und waren Bauchdiener.

74. Sie dienten der Wollust und machten eine Religion für ihre böse Fleischlust;

76. Derweil sie freieten und ein Weib nahmen.

76. Und darnach zwei Weiber ... (verlöscht)

77. Sprechend: unserm Stande gebühren der Weiber drei.

78. Das eine muß das Haus besorgen, das andere die Kinder lehren, das dritte die Kranken pflegen.

79. Aber Petrus wird endlich sich entrüsten,

80. Weil die Langmuth des Himmels ein Ende nimmt.

81. Nicht weiter gehen die Marken ihrer Bosheit.

83. Ihr bergischen Länder merket auf! Euer Regentenhaus, als welches abstammt von einem Markgrafenthum

84. Wird von seiner Höhe plötzlich herabsinken;

85. Und wird kleiner als ein Markgrafthümchen werden.

86. Es bluten die Gläubigen im fremden Lande;

87. Darum untergehen wird ein großes Barbarenreich.

88. Weil es solche Frevel zugelassen.

89. Und nicht beschützet hat die Kirche Christi.

90. Und nicht geehret hat ihre Diener.

91. Mit ihm sinken die falschen Propheten.

92. Als deren sich viele mit Weib und Kind selbst verbrennen werden.

93. Und man vierhundert mit den Eingeweiden erwürgen wird;

94. Und die übrig, von einem Felsen am Rheine stürzen.

95. Das ist der Blutzeit Anfang.

96. Die h. Stadt Köln wird sodann eine fürchterliche Schlacht sehen.

97. Viel fremdes Volk wird hier gemordet und Männer und Weiber kämpfen für ihren Glauben.

98. Und es wird von Köln, das bis dahin noch eine Jungfrau, eine fürchterliche [grausamblich Kriegswessen, Belägerung und Verhehrung] Verheerung nicht abzuwenden sein.

99. Und man wird alda dis ans Fußgelenk [Kneuchelen.] im Blute waten.

100. Zuletzt aber wird ein fremder König aufstehen und den Sieg für die gerechte Sache erstreiten.

101. Des Feindes Rest [Die Ueberbleibselen.] entflieht bis zum Birkenbäumchen,

102. Hier wird die letzte Schlacht gekämpfet für die gute Sache.

103. Die Fremden haben den schwarzen Tod mit ins Land gebracht.

104. Was das Schwert verschont, wird die Pest fressen.

105. Das Bergische Land wird menschenleer sein und die Aecker herrenlos.

106. Also, daß man ungestört von der Sieg bis zu den Bergen [Bis zum Olberg — Oelberg — höchste Kuppe des Siebengebirges] wird pflügen [Eine Fuhr machen.] können.

107. Die in den Bergen verborgen sind, werden die Aecker wieder anbauen.

108. Um diese Zeit wird Frankreich zerspaltet sein.

109. Das deutsche Reich wird sich einen Bauer zum Kaiser wählen.

110. Der wird ein Jahr [Jahr und Tag, ein altdeutschuristischer Ausdruck bedeutet 1 Jahr, 6 Wochen und 3 Tage.] und einen Tag Deutschland regleren.

111. Der nun die Kaiserkrone nach ihm trägt, das wird der Mann sein, auf den die Welt lange gehofft hat.

112. Er wird römischer Kaiser heißen und der Menschheit den Frieden geben.

113. Siegberg und Heisterbach wird er wieder aufrichten, wie es weiland gewesen und von Anfang bestimmt war.

114. Um diese Zeit werden in Deutschland keine Juden mehr sein, und die Ketzer schlagen an die Brust.

115. Und darnach wird eine gute und glückliche Zeit sein.

116. Und das Lob Gottes wird auf der Erde wohnen.

117. Und ist kein Krieg mehr, dann über dem Gewässer.

118. Darum werden die entflohenen Brüder von dannen zurückkehren mit ihren Kindestkindern.

119. Und sie werden in ihrer Heimath in Frieden wohnen fort und fort.

120. Des sollen die Menschen wohl Acht haben, was ich gesagt habe;

121. Denn vieles Ungemach kann [verbetten werden.] gewendet werden durch Gebet zu Gott, dem allerbarmenden Vater der Menschen und Jesus Christus, hochgelobt in Ewigkeit.

122. Wenn nun auch die Menschen mich verhöhnen, indem sie sagen, ich sei nur ein sympler Spielmann, so wird dennoch eine Zeit kommen, wo sie meine Worte wahr finden.

VI. ERLÄUTERUNGEN ZU DEN BERNARD'SCHEN PROPHETIEN.

Nachdem in Vorstehendem bereits in unumstößlichen Beweisen erklärt ist, daß die Bernardsche Prophetie nicht etwa ein Machwerk von heute, vielmehr eine wirkliche, sowohl in der Vollstradition, als auch durch die mehrerwähnte, handschriftliche Notiz verbürgte Thatsache ist; bemerkt Verfasser dem vielversuchten Nachdruck gegenüber hierdurch nochmals öffentlich, daß, trotz aller Bemühungen, die sowohl er selbst, als auch besonders mehrere öffentliche Beamten seit einer Reihe von Jahren angestellt, außer dem beregten, ihm eigenthümlich zustehenden Manuscripte, eine andere schriftliche Auskunft über Spielbähn gar nicht aufzufinden, auch außer einer, im Geburtsorte des Herausgebers wohnenden alten Frau, Niemand, weder in Sieglahr noch in Eschmar, mehr am Leben ist, der Prophezeihungen aus dem Munde Spielbähns gehört hat.

Diese, zur Wahrung meines Eigenthums resp. Autorschaft wiederholte Erklärung mag wohl von Manchem belächelt werden, welcher mir die Ehre, „meine Zeit mit der Abfassung solcher aberwitzigen Alfanzereien zu verderben," nicht mißgönnt.
Diesen gelehrten Herrn Philosophen gegenüber, die ihre Zeit mit spitzfindigen Untersuchungen über die Generatio aequivoca u. dergl. besser auszufüllen wähnen, wobei sie denn beiläufig gesagt, am Schlusse ankommen, wo sie Anfangs standen - bemerke ich nur, daß ich keineswegs zu den Leichtgläubigen, noch weniger aber zu den Frömmelern gehöre; vielmehr der einfache Christusglaube, ausgerüstet mit einem reichen Schatze praktischer Erfahrungen mich zu der Ueberzeugung gebracht, die schon im alten Bunde ein großer Weiser als Resultat seiner Forschungen hingestellt, daß nemlich, alles menschliche Sinnen und Trachten eitel und der Mensch sich selbst das größte Räthsel bleibt.

Mit jugendmuthiger, freudiger Begeisterung erschließt sich des Jünglings Herz den berauschenden Eindrücken der ihn umgebenden Schöpfung, und mit argloser Unbefangenheit möchte er die ganze Welt in seine Freundesatme schließen. Ihm weht der Odem Gottes aus jedem Lüftchen entgegen, Alles um ihn her harmonischer Einklang der mit unergründlicher Weisheit geordneten Folge der Dinge. — Armer Knabe, Du träumst ein Utopien! Deine jugendliche Arglosigkeit wird mißbraucht, der Freund in deinen Armen wird zur Schlange, die giftgeschwollen deinen Ruf begeifert. Die gräßliche Hyder des Menschenglücks, Verläumdung, schwört dir den Untergang und der Neid schwätzt deine Berufstreue zum Verbrechen. Wache auf aus deinem Wahne!

Die hohe, gottähnliche Tugend der reinen ungeschmückten Wahrheit, die du als Glanzpunkt deiner Wünsche anstrebtest, kann das Licht dieser argen Erdenwelt nicht ertragen. Du mußt kriechen, heucheln, schmeicheln — willst du unter Menschen wohnen. - Siehe, ein Stückchen Papier verurtheilt dich als Aussätzigen, ohne daß dir ein Kläger, oder auch unr ein Zeuge unter die Augen tritt. So kehre, das schuldlose Opfer schmählicher Intriguen, ein Mann, zurück ins Leben, und du wirst erfahren, wie der Ehebrecher deine Sittenreinheit, der Mörder deinen gerechten Zorn, der Hochmuth dein Selbstgefühl, der Wucherer deine Erwerbsquellen, der Heuchler deine Offenheit, der Dieb deine Treue und der Freigeist deinen Glauben splitterrichtet. Doch, wohin würde mich die Verfolgung dieses Thema's führen? — Freuen wir uns, daß es immer und zu allen Zeiten noch rühmliche Ausnahmen und Brüder gegeben, die, gleich unserm hehren Religionsstifter, die Worte in den Sand schrieben:
„Nur wer rein ist, werfe den ersten Stein!"

Warum sollten aber diese Ausnahmen, im Hinblicke auf den biblischen Satz: „Euere Söhne werden Weissagungen reden? — nicht auch in einzelnen, von dem unerforschlichen Ordner unserer Schicksale besonders Bevorzugten, einen Ausdruck finden? — Ohne aber hierüber Jemand irgend eine Meinung aufdringen zu wollen, will ich versuchen, meine Ansicht über die vorliegende Prophetie niederzuschreiben, wodurch ich einem allgemeinen Wunsche zuvorzukommen glaube.

Die eben mitgetheilten, alten Notizen waren fliegende Blätter, die sich in den Fragmenten eines alten Buches befanden, worauf sich die Buchstaben U. W. Sacerd. emerit. befanden; welches, wie ich ermittelte, die Initialen zu dem Namen eines im Jahre 1809 in Rott gestorbenen, alten emerilirten Priesters waren, der zur Zeit in B... im Sch... schen Hause gewohnt hat.

Das Manuscript begann aphorismenweise — — — — —
[Ich habe mich bemüht, so viel es die Verständlichteit gestattet, den Wortlaut getreu wieder zu geben.]
„so man auch aus gar vielen Ursachen kennet — dessentwegen sagen ich, daß dem Kriegsschaden und anderen zeitlichen Uebelen stäts seynt vorgegangen der Hoffarth und Stolz, als welches sich auch bestätigt durch die Propfezeiung des Lugbängen, obwohlen er diesen Namen mit nichten mag verdienen, dieweil in denen Reden, so er mir gethan, und die ich hier in seinem gegenwärtigen Beysein will anschreiben, nicht viel Lüg und Bosheit mag gefunden werden — dann mir der Spilbän wie ihn die gemein Leut also nennen von wegen der Vingelin die er hat beteutet und gesagt hat ... u. s. w. bis Vers 1 u. 2."

Die Abtei Siegburg ist der Anhaltspunkt der vorliegenden Prophezeihung; so wie das Kloster Lehnin den objektiven Anhaltspunkt von Frater Hermanns Weissagungen bildet. Statt des h. Anonius, Anno's-Stätte. Stolz thronte in grauer Vorzeit auf dem Siegberge eine unbezwingbar scheinende Bergfeste, welche im Jahre 1056 von Pfalzgraf Heinrich dem Wüthenden zuletzt besessen wurde. Dieser wurde aber in Folge eines Krieges gegen den Erzbischoff Anno, aus der gräflich Dasselnschen Familie besiegt, und aus seiner festen Burg vertrieben, welche nun vom Eroberer in die bekannte Abtei umgeschaffen wurde.

Die Bernard'sche Vorhersagung von der Zerstörung dieser schönen Abtei durch das wüthende Element erfüllte sich wirklich am 1. Januar 1772, wo der größte Theil derselben, mit Ausnahme der Kirche, in Flammen aufging.

Vers 3. Der Abt v. Schaumburg war ihr Wiedererbauer.

Vers 4 — 7. Der früher sehr bergige Markplatz in Siegburg wurde geebnet und mit Bäumen bepflanzt, an welchen, in Folge der letzten Kriegs-Ereignisse russische und französische Reiter ihre Pferde anbanden.

Vers 7. Die Enthauptung König Ludwigs XVI. in Paris am 21. Januar 1793.

Vers 8. Die Bartholomäusnacht in Paris, am 26. August 1572. — Die französische Nation pflanzte 1795 auch am Rheine den Freiheitsbaum auf, den man mit der unseligen Hymne: Vive la libert, vive la raison, — umtanzte. Voltaires Lehre von der Vernunft und das Decret des Convents, „daß es keinen Gott gebe," führten alle die Schrecknisse, welche Bernard voraussah, über die Abtei, ja über ganz Deutschland herbei. Um diese Zeit suchte auch die deutsche Geistlichleit der Wuth der Gotteslästerer in geheimen Verstecken zu entfliehen.

Vers 12. Der Raum gestattet es nicht, alle die Kriegsdrangsale, die in Folge der Zeiten die Stadt Siegburg schon berührt, hier namentlich aufzuführen.

Vers 13. Die Abtei stand öde und verlassen, während das Kloster Heisterbach ein noch schlimmeres Loos hatte. Das letztere, dem Cisterzienser-Orden angehörige Kloster, am Fuße des romantischen Siebengebirges erbaut, blühte von 1191 bis 1802, segensreich unter 34 Aebten. Der niedergesetzte Reichs-Deputations· Ausschuß sanctionirte im Jahre 1802 den von der französischen Obergewalt dictirten Frieden, der die Auflösung der Klöster bedingte, welche nun mit ihren reichen Besitzungen den weltlichen Fürsten als Entschüdigungen anheim fielen. Das Kloster Heisterbach wurde niedergerissen und die Steine bei dem Canalbaue zu Neuß (1806) und später beim Festungsbau zu Köln verwendet. Die nochstehende Prachtruine des Hoch-Altars gehört zu den größten Denkwürdigkeiten, das herrliche Gut Heisterbach aber, welches gegenwärtig Eigenthum der Gräflich zur Lippe-

Biesterfeld'schen Familie zu Obercassel ist, anerkannt zu den schönsten Parthien des Siebengebirges.

Vers 14 — 21. Der Kaiser Napoleon — Leo heißt der Löwe — beschloß, nachdem er das deutsche Reich aufgelöst, den h. Vater Pius VII. in die Gefangenschaft geführt und sich von allen gekrönten Häuptern Deutschlands hatte huldigen lassen, sein vielbewegtes Leben in der Verbannung auf der Insel St. Helena, welche ein einsames, tief im Meere liegendes Eiland ist.

Vers 21 - 27. Friedrich Wilhelm III. König von Preußen, welchem bei der damaligen Ländertheilung die Abtei Siegburg mit der Rheinprovinz zufiel, schaffte dieselbe in die jetzige Irrenheil-Anstalt um, nachdem sie zwanzig Jahre hindurch ganz unbeachtet und verödet gelegen.

Vers 27 - 30. Unweit Siegburg, auf einer Haide wurde ein Telegraph (Guckhaus) erbaut. Der erste Telegraphist pflanzte an dem Thurme einen Weinstock, wodurch er die Erfüllung der Bernard'schen Prophetie herbeiführte. Sie umzustoßen, riß sein Nachfolger den jungen Rebenstock wieder weg; allein, ein dritter Telegraphist pflanzte den Weinstock zum zweitenmale und unlängst hat derselbe, wie mir die Umwohner erzählt, seine ersten Trauben bereits getragen. Das Komische unserer Zeiten wird übrigens Niemand zu bestreiten wagen.

Vers 30 — 33. Verfasser hatte unlängst Gelegenheit, die Rede eines ausgezeichneten, rheinischen Theologen zu hören, deren Thema der Bibeltext bei Matth. 5. 13, war.
„Ihr seid das Salz der Erde; wenn nun das Salz seine Kraft verliert, womit soll man denn salzen? Es taugt zu nichts weiter, als daß es hinausgeworfen, und von den Menschen zertreten werde."
Der Redner hob besonders hervor, wie heutzutage leider so mancher Seelsorger seiner Gemeinde zum Anstoß werde, weil er dem Ausspruche des Heilandes:
„Mein Reich ist nicht von dieser Welt" - so wenig Nachachtung gebe.

Vers 34 - 35. Kann Jeder sich selbst erklären.

Vers 36. Wer die Erfüllung dieses Verses bezweifelt speise nur einmal in einem großen Gasthause zu Mittag.

Vers 37. Dampfboote

Vers 38 u. 39. Erfüllten sich beide im November 1837, wenn man nemlich unter dem geistlichen Oberhaupte den Erzbischof Clemens August von Köln verstehen will. Seine Gefangennehmung erfolgte durch den damaligen Oberpräsidenten der Rheinprovinz Hrn. v. Bodelschwingh-Velmede, und dürfte daher die in Vers 40. angedrohten Strafe vielmehr auf die in Folge der Berliner März-Ereignisse herbeigeführte Entfernung dieses Herrn aus dem Ministerium, als auf den, kurz nach der Erzbischöflichen Inhaftirung erfolgten Tod des Königs Friedrich Wilhelm III., zu beziehen sein.

Vers 41 - 47. Wir begegnen in diesen Versen den Eisenbahnen und Luft-Phänomen. Man erinnere sich des großartigen Nordlichtes im vergangenen Jahre und der Feuerkugel, welche vor einigen Jahren über die hiesige Gegend hinflog.

Vers 47. Vielleicht Pius IX.?

Vers 50 — 55. Die Mißerndten, deren hier Erwähnung geschieht, erinnern unwillkürlich an die Kartoffelfäule der letzten Jahre; so wie die beiden folgenden Verse an die überhandnehmenden Auswanderungen nach Amerika, die pompösen Luftschifffahrten u. s. w. mahnen.

Vers 55. Vielleicht Dänemark?

Vers 56. Scheint vom Seher als eine Beruhigung eingeschoben. Vielleicht soll dadurch angedeutet werden, daß ein allgemeiner Krieg, mit den bis Vers 83 bezeichneten traurigen Ergebnissen erst zu der Zeit erfolgen werde, wann man die Brucke bei Mondorf, die aber jedenfalls nur eine momentane, dem Uebergange von Soldaten dienende sein kann, bauen werde.

Die Verse 56 bis 83 sind daher nur als eingeschobene zu betrachten, und ist darum an Vers 55 der Vers 83 zu reihen.

Vers 83 — 86. Die Berliner Revolution vom 18. und 19. März 1848 brachte diesen Versen ihre Erfüllung, da das Reich und die Macht eines Markgrafen größer waren, als die des Königs an jenen blutigen Tagen.

Vers 86. Scheint einen Religionskrieg anzudeuten.

Vers 87. Vielleicht das russische Czarenreich?

Vers 88 — 91. Die Verfolgungen, welche die andersgläubigen Christen in Rußland noch in jüngster Zeit zu erdulden hatten, sind zu bekannt, als daß sie noch weiterer Erwähnung bedürfen.

Vers 91 — 94. Wenn wir hier unter falschen Propheten diejenigen verstehen, von denen der Heiland sagt, daß sie in Schafskleidern zu uns kommen, während sie inwendig reißende Wölfe sind, so dürfte die Prophezeihung ihres Untergangs ebenso wohl auf die Entlarvung der Heuchler im Großen, als auf die Verzweiflung der falschen Lehrer zu beziehen sein.

Vers 96 — 99. Ueber die Schlacht bei Köln und die Zerstörung der Stadt, lese man die Schlußbelege.

Vers 100. Wer dieser fremde König ist, läßt sich nicht ermitteln; soviel ist indeß gewiß, daß der Kaiser Barbarossa im Kiffhäuser es nicht sein wird.

Vers 101. Ein Ort bei Werl. S. Schlußbelege, die Prophezeihung des Mönchs von Werl.

Vers 102 - 106. Nachdem das Kriegsschwert seine Opfer erreicht, wird die Pest, die gewöhnliche Gefährtin eines anhaltenden Krieges das Land vollends entvölkern.

Vers 106. Der alte Benrodt, Spielbähns Vetter und Gefährte, hat diesen Vers noch dahin erweitert, daß zu jener Zeit das Auffinden einer Kuh ein so freudiges Ereigniß, daß man ihr wohl eine goldene Kette anlegen würde.

Vers 107 - 108. Ob diese Spaltung Frankreichs eine Meinungsverschiedenheit, ein Bruch unter seine Regierungen, oder eine Gebiets-Theilung bedeute, bleibt unentschieden.

Vers 109. Daß die Wahl eines Bauers zum Kaiser nicht in das Reich der Unmöglichkeiten falle, beweist schon der Umstand, daß der österreichische Prinz Johann, in unsern Tagen schon mehrmals zum deutschen Kaiser vorgeschlagen wurde. Er hat mit der Tochter eines Gastwirthes aus Tirol, vom platten Lande, sich verehlicht, weshalb er, vom Hofe verbannt, sich bisher mit der Landwirthschaft beschäftigte, und, seinen Ahnenstolz vergessend, Abends in der Wirthsstube seines Schwiegervaters mit den Bauern Karten zu spielen pflegte.

Vers 111. Der hier verheißene, längstgehoffte große Kaiser, dem der Prophet den Namen „römisch" beilegt, kann ebensowohl ein geistliches, als weltliches, deutsches Oberhaupt sein. Für die Annahme des erstern sprechen

Vers 112, 113 u. 114; nach welchen sich dieser geliebte Alleinherrscher, indem er den Völkern den Frieden zurückgibt, mit Erbauung von Gotteshäusern beschäftigen, und die Menschheit zu einer einheitlichen Religion zurückführen wird. Anderseits wird die näher liegende Deutung auf einen deutschen Kaiser auch durch die Lehninsche Prophetie des Frater Hermann bestätigt.

Vers 115 — 119. Bernard schildert in diesen Versen den Zustand des Völkerlebens nach dem in Aussicht stehenden großen Kriege als einen sehr glücklichen und schließt, nachdem er zur Beachtung seiner Aussprüche aufgefordert, mit Hinweisung auf das Gebet, wodurch er eine mögliche Abwendung der göttlichen Strafen in Aussicht stellt, und wie im Eingange, so auch am Schlusse seiner Prophezeihung durch Zurückführung auf die Religion, eine höhere Weihe gibt.

Wenn wir uns den Ernst unserer Zeit vor Augen führen, können wir das vorliegende Schriftchen unmöglich unbeachtet lassen. Eine dumpfe Schwüle lagert über dem Geschicke nicht nur der Deutschen, man darf sagen, der Europäischen Bevölkerung.

Maßlose Forderungen auf der einen, gar zu ängstliche Wahrung angeerbter äußerer Vorzüge, Titel und Herrschaft auf der andern Seite, sehen wir allenthalben in einem Vernichtnng drohenden Kampfe, gegenüber dem allgemeinen Elende, welches die Stockung des Gewerb- und Geld-Verkehrs über die Massen verhängt hat. Aller Orten die Bande der Ordnung zerrissen, und die Straßen der Hauptstädte mit Bürgerblut beschmutzt. Sollen wir aber das schöne, langestrebte Ziel eines einigen großen und freien Deutschlands erreichen, so muß vor Allem das Volk begreifen, daß dies durch eine Entzügelung menschlicher Leidenschaften nicht möglich wird. Wir müssen hinwegsehen von einer engherzigen Splitterrichterei und Alle fest zusammenstehen; wie Eine große Brüderfamilie die herrlichen Errungenschaften der jüngsten Tage mit Gut und Blut zu wahren.

Derjenige aber; der mit der Auflösung staatlicher Institutionen alle Gesetzlichkeit niederreißen will, sei eben so sehr von uns verachtet, als der Wucherer oder Aristokrat, der, durch die mächtige Erhebung des Volksgeistes in den Märztagen zum Liberalen gejähtauft, kein Opfer scheut, um als Wolf im Schafspelze die Gutmüthigkeit des Volkes zu seinen selbstsüchtigen Plänen auszubeuten. Solche Menschen taugen nicht zu Leitern und Vorstehern des

Volkes. Sie würden uns bei der ersten Gelegenheit verrathen und verkaufen, wenn sie nur irgend ein Stück Geld, oder ein Stückchen Land dadurch acquiriren könnten. Vertrauen wir daher in dieser bewegten, ereignißreichen Zeit nur solchen Männern, die unser Vertrauen von Jugend auf besaßen, gleichviel, ob sie in einem feinen oder groben Kittel zu uns kommen; vertrauen wir dem Gesinnungstüchtigen, dem keine Erdenmacht seine Grundsätze zu rauben fähig ist.

Vor Allem aber dürfen wir uns nicht scheuen, dem Vaterlande ein Opfer zu bringen! Wir bringen dieses Opfer am zweckmäßigsten durch eine vernünftige Einschränkung unseres thörichten Luxus und zeitgemäße Abstellung der vielen, sogenannten Bedürfnisse, die unsern Vätern, welche doch auch als glückliche Erdenbürger und brave Männer gestorben, ewig fremd geblieben sind. Die hierdurch erwirkte Verminderung unserer Ausgaben würde hinreichen, mehr als hinreichen, dem Nothstande unserer armen, arbeitslosen Mitbrüder abzuhelfen.

Inwieweit nun aber die vorliegende Prophezeihung bei unsern Maßnahmen für die nächste Zukunft in Betracht zu ziehen, kann uns der oft wiederholte Ausspruch des Propheten: daß die göttlichen Strafen durch die Rückkehr zu dem Tugendwege, die sich zunächst in den Werken der Bruderliebe, nicht aber in bloß leeren Worten und schönen Phrasen zu offenbaren hat, können gewendet werden. Verzagen wir darum nicht, deutsche Brüder! Ein einiges Deutschland ist möglich, weil nöthig geworden, gegenüber den eroberungssüchtigen, freiheitsfeindlichen Rotten, welche an unsern Gränzmarken schon nach unserer Habe lungern.

Lassen wir darum alle Zankereien und lächerliche Reibungen unter uns fallen, die die Einheit und Freiheit, und somit die künftige Wohlfahrt unseres gemeinsamen deutschen Vaterlandes nur gefährden können. Nur das unverrückte Festhalten an dem altdeutschen Wahlspruche; „Rechtthun und Niemand scheuen" — nur die schleunige Erstrebung der durch den Drang der Ereignisse strenge gebotenen deutschen Einheit ist fähig, die Geschicke, welche der eiserne Griffel des Schicksals den Völkern vorgezeichnet, zu unserm Heile zu wenden.

Dies wünscht unter herzlichstem Brudergruß an alle wahren Deutschen in Nähe und Ferne
Der Verfasser.

VII. SCHLUSSBELEGE.

Es ist leicht zu begreifen, daß die wundersüchtige Menge dem alten Spielbähn tausend erlogene Prophezeihungen in den Mund legt, und die albernsten Sachen auf seine Rechnung schreibt.

Solche, blos auf der Sage beruhenden, unverbürgten Aussprüche, die sich in der Regel als müßige Erfindungen raffinirter Köpfe herausstellen, habe ich aber zu einer Veröffentlichung für ungeeignet und unwürdig gehalten. Hierzu zähle ich besonders die in jüngster Zeit auf Kosten des guten Bernard fabrizirte Prophezeihung:

„daß wir böse Zeiten erleben würden, wann Sieglahr einen Halfens-Pastor, einen Halfens-Richter und einen Halfens-Bürgermeister haben würde.“

Daß diese Hinstellung eine aus dem zufälligen Eintreffen dieses Ereignisses entsprungene, müßige Erfindung ist, beweist schon der Umstand, daß zu Zeiten „Bähns“ die Beamtenbenennung „Bürgermeister“ noch eine ganz unbekannte war. Ich muß bei dieser Gelegenheit nochmals auf die Erklärung zurückkommen: daß alle diejenigen Personen im Laufe der Zeit gestorben sind, welche in der Lage waren, von Bernard Prophezeihungen zu hören und im Gedächtnisse zu bewahren, außer der mit Referent befreundeten alten Frau zu B., dem Herrn A. B. zu C. und dem Herrn G. P. zu C.

Daß aber die Tradition bei Weitem den geringsten Theil des Inhaltes meines Manuscriptes gekannt hat, beweist schon die Thatsache, daß trotz aller Kniffe, deren man sich bei dem vielseitig versuchten Nachdrucke meiner Brechüre bedient, und trotz der bestehen den Preßfreiheit, die in meinen frühern Ausgaben fehlenden Verse: 22, 40, 83, 84, 85, 86 u. 87 nicht gebracht worden sind.

A.

Zu Vers 43 und 44 der Spielbähnschen Weissagung theile ich als Schlußbeleg folgende, von einem gewissen Jasper herrührende Prophezeihung mit, welche schon im Jahre 1846 in mehrere öffentliche Blätter überging.

Auszug aus dem ‚Westphälischen Merkur" vom 12. Juli 1846, Beilage Nro. 166.

„In der neuesten Nummer des zu Recklinghausen erscheinenden Wochenblattes befindet sich die Nachricht einer merkwürdigen Prophezeihung in Betreff der Köln-Mindener-Eisenbahn.

In den Jahren 1828 — 1832, erzählt der Einsender des Artikels, stand ich in Diensten des Kammerherrn Freiherrn von Bodelschwingh-Plettenberg, als Verwalter der Oeconomie zu Bodelschwing. In dem nahe dabei gelegenen Dorfe Deininghausen wohnte ein gewisser Colon „Jasper," der mit prophetischem Geiste begabt sein wollte. Mit diesem alten, ehrwürdigen Manne traf ich eines Morgens im Wirthshause zu Bodelschwing zusammen, wo die Rede auf Voraussagungen kam.
Ich werde es nicht erleben, sagte Jasper im Laufe des Gesprächs, — allein Sie werden es noch erfahren? Von Westen nach Osten wird in unserm Staate eine große Heerstraße gebaut, die ihre Richtung durch die zum Gute Bodelschwing gehörigen Waldungen nehmen wird. Auf dieser Straße werden nur Wagen laufen, ohne mit Pferden bespannt zu sein, welche ein fürchterliches Gerassel verursachen. Mit dem Beginn der Arbeit an dieser Straße wird eine Theuerung entstehen, so daß die Arbeiter von ihren Arbeiten verschwinden müssen. Nach Vollendung der Arbeit und sobald die Straße fertig, wird ein blutiger Krieg entstehen, wobei er aus die Worte des Propheten Ezechiel 28. 23, hindeutete.

Noch lebende Zeugen können darthun, daß der Prophet Jasper ihnen in loeo die Richtung schon gezeigt, welche jetzt die Eisenbahn wirklich durch die Holzungen des Freiherrn von Bodelschwingh nimmt.

Ezech. 28. 23: Ich will die Pest wider sie senden, Blut vergießen auf ihre Gassen: es sollen hinstürzen die Erschlagenen in ihrer Mitte durch's Schwert ringsum, daß man erfahre, daß ich der Herr bin.

[Wer würde hier nicht der jüngsten Straßenkämpfe von Paris, Wien, Berlin, Neapel, Madrid, Trier, Aachen u, a. sich erinnern?]

B.

Zu Vers 96 —99 führe ich noch folgende, sehr alte Weissagung über die Stadt Köln an:

Vatieiniuim ade Urbe Colonia.

O felix Colonia! quando eris bene pavimentata, in proprio sanguine peribis. O Colonia! peribis ut Sodoma et Gomorrha. Plateae tuae manabunt sanguine, et reliquiae aufferentur a te. Vae tibi pinguis Colonia! quia alieni tui sugent ubera tua et pauperum tuorum, qui martyrisentur et annihilentur.

Haec reperit venerandus Dominus Magister Henricus de Iudaeis, Sacrarum Legum Doctor ac Pastor Martini minoris, Coloniae in conventu ordinis fratrum B. M. V. de Monte Carmelo, in quodam libro antiquo, et authentico illius Conventus, posterisque reliquit, quasi praesagium futurum.

Die deutsche Uebersetzung wäre diese:
„O glückliches Köln!
wann du gut gepflastert sein wirst, wirst du in deinem eigenen Blute untergehen. O Köln, du wirst untergehen wie Sodoma und Gomorrha, deine Straßen werden von Blut fließen und deine Reliquien werden dir genommen werden. Wehe dir reiches Köln! weil deine Fremde deine Brüste aussaugen und die deiner Armen, welche durch dich gequält und vernichtet werden."

Dieses fand der ehrwürdige Herr Heinrich von den Judden, Lehrer des Kirchenrechts und Pastor in Klein St. Martin, auf, in dem Convent der allerseligsten Jungfrau Maria, vom Berge Carmel zu Köln, in einem alten authentischen Buche jenes Convents, und hinterließ es der Nachwelt gleichsam als eine Vorhersagung für die Zukunft.
[Zwei alte Manuseripte dieser Prophezeihung befinden sich in Köln.]

Wer hätte wohl vor 80 bis 90 Jahren, oder gar zu Zeiten Heinrichs von den Judden, (ein sehr altes, kölnisches Geschlecht) der die Prophezeihung aus einem alten Buche geschrieben — an eine Umpflasterung von Köln gedacht, wie sie in den letzten 10 Jahren Statt gefunden?

C.

Zu Vers 100, 101 u. 102. Die Prophezeihung uber die Endschlacht am Birkenbäumchen betreffend.

Im Jahre 1701 hat ein Mönch von Werl folgende Vorhersagung niedergeschrieben:

„Nach diesen Tagen wird eine unglückliche Zeit kommen, wie unser Erlöser sagt, es wird den Menschen auf Erden bange werden wegen bevorstehendem Unglück, welches kommen wird. Der Vater wird gegen den Sohn, der Bruder gegen den Bruder sein. Treue und Glauben werden nicht mehr zu finden sein. Nachdem einzelne Völker unter sich werden gekriegt, Throne zusammengestürzt und sich beinahe vertilgt haben, wird sich ganz Süden gegen den Norden bewaffnen. Dann wird man nicht mehr fragen nach Heimath und Glaube, man wird sich verbinden zu morden und zu streiten um die Oberherrschaft der Welt. Im Herzen von Deutschland wird man auf einander treffen: Städte und Dörfer werden in Schutthaufen verwandelt werden, so daß die Bewohner in die Gebirge und Wälder zu fliehen gezwungen sind; aber im untern Theil des Landes wird sich der schreckliche Kampf entscheiden.

Dort werden Heere sich lagern, wie sie niemals die Welt gesehen hat. Bei Birkenheim und Budbach wird die gräulichste der Schlachten ihren Anfang nehmen. O wehe meines armen Vaterlandes! Drei Tage wird man kämpfen, die Verwundeten werden untereinander zerfleischt: man wird bis über die Enkeln im blutigen Moraste waten; endlich werden die bärtigen Völker des Nordens den Sieg davon tragen. Die Feinde fliehen, werden aber am Flusse einen verzweifelten Widerstand leisten. Hier wird ihre Macht zermalmet und ihre Würde jämmerlich zerschmettert werden; kaum werden die übrig bleiben, welche Botschaft dieser unerhörten Niederlage überbringen können. Die Bewohner der Orte werden weinen, aber Gott wird sie trösten und sie werden sagen: Der Herr hat es gethan.‟ — Anmerk.; Die kleine Bauerschaft Budbach liegt unweit Werl und Budderich, in der Nähe des bekannten Birkenbaumes. — Der Fluß, wo sich die Feinde zum letzten Male widersetzen werden, ist wahrscheinlich der Bach, welcher daselbst beim Schutzenbroich zum Ringelbroich hinabfließt.

D.

Zu Vers 33, 34 u. 35, verdienen noch folgende, aus dem Jahre 1520 etwa stammenden Verse bemerkt zu werden, welche sich befinden:

Cfr. Hosp. S. M. in Capitolio in Designatione redituum praebondatarum in dorso ex Saeculo

16. - 1520 ?

"Wann der Freitag verloist syn Fast

und der Sonntag verwist syn Rast

und das Geld Kummerschaft wird

und daß der Bauer sich dem Adel gleich will Tragen

dann wird von Viel Wunder wissen zu sagen."

E.

Ebenso merkwürdig ist folgende, aus dem Jahre 1622 stammende Prophezeihung, welche mit Angabe der Monate, das Jahr ihrer Zukunft jedoch nicht bestimmt; sie lautet:

„Der Monat Mai wird sich mit Ernst zum Kriege rüsten, aber es ist noch nicht Zeit. Der Monat Juni wird auch zum Kriege einladen, aber dann ist auch es noch nicht Zeit; der Juli wird erst grausam handeln, daß Viele von Weib und Kindern Abschied nehmen müssen. Im August wird man an allen Enden der Welt von Krieg hören. September und October werden ein großes Blutvergießen mit sich bringen. Im November wird man Wunderdinge sehen. Um diese Zeit ist das Kind 28 Jahre alt, dessen Säugamme von Morgen sein wird. Dieser wird große Dinge verrichten.“

F.

Weil hier die Jahreszahl fehlt, so dürfte die Mittheilung nachstehender, der Sage nach von dem mehrgenannten Propheten Benrodt herrührenden Weissagung hier nicht am unrechten Orte sein; sie lautet:

Wann wir schreiben: Möchte ich nicht sein:

1847 - - - -   ein Apfelbaum;

1848 - - - -   ein König;

1849 - - - -   ein Soldat;

1800 - - - -   ein Priester.

Schließlich bemerke ich, daß ich die Anführung resf. Ausschreibung von Namen und sonstigen auctores aus der Absicht vermieden habe, um gegen die schlechtdenkenden Nachdrucker meiner Brochure ein fortwährendes Instrument in Händen zu haben - daß aber auf portofreie Vorfragen jedem Interessenten von mir über die Quellen der vorstehenden Weissagung Auskunft gegeben, und Einsicht der Manuscripte gestattet werden wird.

Gott, der Lenker unserer Schicksale, möge das Buchlein leiten zum Besten der Menschheit, zum Segen der Völker und zur Verherrlichung seines hehren Namens. Amen.

Inhalt